KB073813

화문일기

화문일기

붉은 장미로 피어난
그 순간들을 회상하며

박정희 지음

좋은땅

서문

꽃이 피다

사랑으로 보듬어 주고
용기와 격려를 보내 주신
좋은 인연들에
고마운 마음 전합니다

일기장 속에
고이 간직했던
시詩를 출간하게 되었어요

좋은 땅에서
좋은 기운을 받아
올봄에는 시詩 농사도
잘 짓고 있어요

하늘에서 보내 준
선물처럼 좋은 그대가

봄으로 오셨네요

아름다운 계절과 함께
지난 추억 속을 거닐며
눈물 꽃이 피어나는
소중하고 귀한 시간이
되었어요

가녀린 들풀 같은
나의 인생이
한 송이 꽃으로 피어나
아름다운 추억을
만들어 가네요

책을 엮기 위해
많은 도움 주신 분들께
머리 숙여 감사의 마음 전합니다

차례

II 살아가는

Ⅲ 이야기들

부록

Ⅰ

화문이

어쩌면 좋아요

눈을 감지 않아도
꿈을 꾸듯
가까이 더 가까이
느끼게 되는 그대

자꾸만
그대 생각은 깊어 가고
그대 곁을
서성이게 되는
마음은 왜일까요

수채화처럼
맑고 부드러운
그대의 향취가 어리어

마음은
하얀 구름 위로
피어올라

그대 향해 흐르는데

어쩌면 좋아요

공상 속으로
자꾸만
귀를 기울여요

신비한 마법의 힘이
마른 가지 위로
싱싱한 잎을 피우고

아름다운 꽃이
필 것만 같아요

어쩌면 좋아요

추우 秋牛

추억은
서슬 푸른
상처 속에 잠들고

사랑은
흰 그림자로 피어올라

구름 되어 길을 잃고
울부짖는 바람 속에
살아 숨 쉬고

시간은
무정히도 흐르고 흘러

마른 풀잎 씹어 삼키며
소가 되어
되새김질하는 이 가을날

모래 위 새집 지어

사랑 엮어서
바람에 실어
하고픈 얘기는
어제와 오늘
옛이야기구나

너랑 나랑
나랑 너랑
사랑하는 넌
꽃잎에 입 맞추며
보고픈 맘
물방울에 잎새 되어

밤새 꼬박
사랑 주머니 엮어서

너랑 나랑
나랑 너랑

하늘 보며 웃고 살자

마음 수리

구멍 난 마음
내일은
수선실로 보내어
보름달로
짜깁기를 해야겠다

찬바람 불어도
시리지 않도록

가을맞이

핑크빛 루즈에
브라운빛 루즈를
섞어 바르는
이 아침

내 입술 위에
가을의
속삭임이 흐르고

올가을엔

욕심을 버렸더니
몸이 가볍네

욕심을 버린 자리에는
미소가 피어나고

차갑던 가슴에는
따스한 사랑이 피어나네

욕심의 무게가
그토록 버거웠구나

일월의 서곡

용쓰며
살아가는
세월이
불길 되어
다 타 재가 될까

하늘에서
눈이 내려
머-언 산에
하얗게 쌓이었다

생각이 많은 날에

사념들을
고운 보자기에
꼬-옥 꼬-옥
싸매어 두자

시간이 지난
머-언 훗날에
풀어헤치자

가을비

이별 없이도
이별한 것 같은 날

사랑하고
아픈 마음 대신
비는 내리고

사랑을
아니한 것보다
붉은 장미로 피어난
그 순간들을 회상하며

가을로
가을 속으로 향해 가는데

마음 하나

햇살이 좋아
앞뜰에
나갔더니

반짝이는
햇살 아래
연초록 잎새가
눈맞춤을 하네

나뭇가지는
우습다고
산들바람에
춤을 추네

하얀 비

비가 와요
깨끗한 비가

마음의 티끌도
다 쓸고 가니

새하얀
마음이 생겼어요

오후 산책길

흐린 날의 수채화가
온 들녘에 펼쳐져
맑은 날엔 느낄 수 없는
고즈넉한 들녘

졸고 있는 전봇대
까만 줄에
참새 떼 모여 앉아
자장가를 부르고

하늘에 먹구름
이불 삼아
노-란 모자 길게
드리운 벼이삭
탐스럽게 미소를 띠고

가녀린 작은 들꽃은
실바람에 살-랑 살-랑

인사를 건네고

내 가슴엔
한없이
사랑 노래가
흐르고

가을 아침

가을
아침은

해맑은
코스모스
앞모습처럼

해맑게
밝아 오네

무지개 뜨는 날

마음 주머니
살포시 꺼내어
파란 마음
하얀 마음
요리조리 굴려 보고

하얀 종이 위에
무지갯빛
고운 마음
가지런히 펼쳐 놓으면

하루 시름의 옷을 벗고
메마른 가슴 위로
파릇파릇
솟아나는
희망의 언어들

단풍

내 작은
마음 누리에
채색된
색깔 고운
낙엽

한 잎
두 잎

단풍 바라보다
돌부리에 걸려
넘어져도
배시시
즐거운 웃음 터지네

아침

모든
색채의
빛이
날개를 달고

하나의
태양이
하늘 가득
채워져 있다

하루의
시작
신선한
이 시간

그대와 난

그대는
아름다운 빛

나는
무한한 공간

그대와 난
작은 우주입니다

봄비 I

어여쁜 꽃잎에
입맞춤하고

열여덟 순정의
풋풋한
사랑처럼

영롱한 빛으로
하얀 미소를
머금은

방울
방울진
동그란 얼굴

사랑 I

내 임
밤새 곤히 베고 잔
베갯잇에
살포시
얼굴 기대어

내 임
체취와 향기에
아득히
취하는
이내 심사

꿈속 여행
달콤한 시간

이대로
영원 속으로
잠시

시간이 멈추기를

사랑 Ⅱ

그제나
저제나
행여나
만지면 터질세라
넘어질세라
다칠세라

넋은 아이에게
어쩜
저리도 예쁠까
고울까

깔깔 웃음소리에
심장이 멎는다

우리 아가
소록소록 잠이 들면
어쩜

저리도 평화로울까

아
황금인들
저리도 빛이 나리

아
보석인들
저리도 신기하리

나의 생명
모든 것을
사랑하는 아이에게

희망

아가 웃음소리에
세상은 밝아 오네

아가 눈은
미래의 빛

아가 손은
미래의 희망

아가 마음은
천사의 미소

봄나들이

아장아장
아가 걸음
엄마 손
고이 잡고

어딜 가길래
저리 바쁘노

나 어릴 적에도
엄마 손
저리 잡고
걸음마 배운 게지

엄마 마음
콩-닥 콩-닥

꿈 I

꿈만 꾸지 않고

꿈대로 살았더니

꿈이 이루어지네

초승달

수줍어
수줍어

서쪽 하늘에
살포시
떴다가

얼른
자취를 감추는

초등학교
일학년 같은 너

사월

파란 하늘이

자꾸

마음을

노크하는 날

나팔꽃

임 향한 마음
거룩하기로
아름다운

일편으로
임 계신 곳을
향하니

단심이라
붉게 붉게
타오르는
사랑

속내 감추어
나팔처럼
하늘 향해

기도하는

너

봄날

봄바람 불어
꽃잎이 흩날리네요

발걸음 걸음에
꽃잎의 향기가

아름다운
사랑 이야기가
묻어나요

여름날의 추억

어릴 적
내 고향 밤하늘
별을 헤며

할매 팔베개하고
앞마당에
멍석 깔고 누워
듣는 옛이야기가
모깃불 연기 위로
모락모락
피어오르고

반짝이는
수많은 별님도
눈을 또렷이 하고
내려다보고 있던
어린 시절…

아련히 떠오르는
옛 고향 생각에

한여름 밤은
추억으로
물들어 가고

꽃처럼

봄이 오면
연분홍 치마
곱게 단장하고
지나는 걸음걸음이
꽃잎으로 피어나고

여름이 오면
옥색 모시 곱게
차려입고
싱그러운 녹음과
함께 살며

가을이 오면
빨강 코트 깃 세워
고운 낙엽 쌓인 길로
추억 속을 거닐고

겨울이 오면

하얀 긴 코트
바람에 날리며

첫눈과 함께
추억을 쌓으며
눈꽃으로
피어나도 좋으리

꽃처럼
향기 나는 시간을 쌓아
사랑하는 사람을 위해
살면 좋겠네

추억 한 장

새하얀
첫눈이 쌓인
길을 걸어가듯이

빛바랜
추억의 시간을
열어 보네요

낭만이 흐르네요

함께 거닐던
숲이 우거진 오솔길

마주 잡은 손의
뜨거운 온기와
바라보던
반짝이는 그 눈빛

말을 하지 않아도
느낄 수 있었어요

떨림으로 가득하던
설레는 마음과 마음

여전히 그대가
꼭 안아 주네요

아름다운 기억 속에
간직하고 있었던

그때
그 모습처럼

봄비 Ⅱ

복숭아 꽃잎
비에 젖어
떨어지네

진한 분홍빛 향기가
내 아픈
마음 되어

꽃바람에
눈물 흐르네

사랑의 둥지

그래
그런 거야
그냥, 건축물이 아니야

엄마 품처럼
사랑이 가득한

고마운
우리 집

단비 I

그리운
임이 오신 듯

반가운
비가 와요

많은 생명들이
오롯이
마른 가슴 적셔요

삶의 보석

옹기종기 모인 실핀들
정겹게 바늘쌈에 모여
어떤 곳에 꽂혀야
마네킹에 입힌
옷가지가 예쁠까
도란도란 회의 중

계절 옷을 돋보이게
제자리를 찾는
내 손길 도와주는
고마운 친구들

오늘도
내 손길 기다리며
둥근 쌈지 위에
모여 앉아

나란히 나란히

웃음꽃 피우는
내 삶의 보석들

마음의 계절

따스한 바람 불고
봄은 오고요

차가운 바람 불며
가을은 옵니다

마음의 계절은
낭군님
따스한 목소리 타고
마음의 봄은 오고요

낭군님
차가운 목소리에
가을은 옵니다

가을날

햇살
좋은 날에

봄인 듯
가을인 듯

행복한
착각 속에

시간은
흐르고
흐르네

사랑 Ⅲ

행복했던
지난날들의
기억 속에
잠기어
눈을 감는다

별처럼 빛나던
우리의 사랑이
온종일
금싸라기 되어
퍼붓는다

초상肖像

커켜이 쌓아 둔
장롱 속
해묵은 옷가지들
빼곡히
지난 추억의 얼굴 되어
정답게 아롱져 빛나요

소박한 빛깔과
오래된 내음이
속내를 보는 것 같아요

고운 추억이 흐르고
창틀 가득 실린 햇살과
찰칵이는 시계 소리

의식 속에 살아난
지난 추억에 잠기어
거부할 수 없는

나의 것

살아온 날들의
기억 속에
살포시 눈을 감아요

봄비 Ⅲ

추억의
우산을 건네요
봄비가

우산 속에
젊은 날의
어여쁜 내가

활짝 핀
매화꽃 되어
웃고 있어요

별이

옷 입을 걱정 없고
신발 신을 걱정 없이
살아가는
우리 집 천사 견공

욕심 없는 네가
부러울 때가 많아요

검둥이

작은 공 하나에
검둥이는
봄날이네

반짝이는
동그란 눈에
미소를 띠며

나를 보고
욕심 없이
살라 하네

장맛비

실연당한 여인의

슬픈 눈물처럼

뚝뚝

떨어지는 비

비…

가을 이별

이슬 머금은
이른 아침나절

밤새
노-란 은행잎새
우수수 떨구어

가로수길 가득히
노-란 무덤이
소담히 쌓이다

살을 에던
추억 한 줌
애간장을 태우던
그리움 한 줌

가을빛을 모아
하늘 향해

십자가를 세우다

영혼의 휴일

잠이 든다
깊은 수면 속으로

육체와 혼이
나누어진 것 같다

아무것도
생각할 수 없고
계속 잠이 든다

오늘은
영혼의 휴일
내일은
깨어나야지

새의 깃털처럼
가볍게

자유로운
사색 속으로

자유천사의
날개를 달고

침묵 Ⅰ

삼복더위에
아우성인 나

산과 들은
묵묵히
숙명인 듯

말이 없구나

한여름 날

한 줄기
바람이 불어오면
땀방울이
줄줄 흐르는
얼굴이 시원도 하다

이글거리는
태양빛이
구름 속에 숨어 있는
한순간이 참으로 좋다

사색 I

인간은
자기가 머무르고
싶은 공간에

머무를
자유가 있다

사색 Ⅱ

가을은
바람 타고 오건만

나의 사랑하는
그리운 것은
마음속에만 있네

잠 못 드는 밤

하얗게
눈이 내린 듯

흐드러지게 피어 있는
배꽃잎이

뒤뜰에 가득하여

어두운 밤
환하게 비추니

이내 맘도
하얗게 물들어

살랑이는 바람
벗 되어

밤새

이야기꽃 피우네

가을 연가

수줍게
피어 있는 코스모스
바라보며

꽃길을 거닐 때
마음은 천사가
되었어요

발길이
닿는 곳마다
코스모스가 전하는

가을을
품은 향기가
빈 가슴에
소복이 쌓여

가을 속으로

사뿐사뿐

걸어가고 있어요

Ⅱ

살아가는

계절 I

여인네의
붉은 입술처럼
농익은 홍고추가
유혹하던 여름날이
갈바람에
식어 가고 있네

계절 II

스산한 바람이
겨울을 데려왔네요

흔들리는 나뭇잎이
힘없이 떨어져
길모퉁이에 나뒹굴어요

가는 세월 앞에
발만 동동 구르는
나의 모습처럼

가을 사색

옷깃 여미는
차가운 바람결

나뒹구는 나뭇잎의
사각이는 합주 소리

태풍 같은 생각이
고요하다

둥근 지구, 둥근 마음
둥근 얼굴
온통
동그라미 그려지는
늦가을의 밤

고독

칠흑 같은 어둠이다

낮의 화려한 빛은
자취를 감추고
어디에도
온기는 찾을 길 없다

어둠 속의 차가운 밤
나는 깨어 있다

텅 빈 방 안의 한기
꼬리에 꼬리를 단
사념들이 삼킬 듯이
너울거린다

억압되었던
감정의 잔재는
뜨거운 눈물로 쏟아진다

몹시도 친숙하고
웅장한 어둠 속
이 밤의 존재는
나를 깨어 있게 한다

* IMF를 겪으며…

안개꽃

화려하지 않고
자존심은 강하나
그 향기는
진하지 아니하고

오래 곁에 있어도
늘 보고 싶은 그대

어떤 꽃과 함께하여도
다른 꽃을
돋보이게 하는
수줍은 그대

쉼표

쉬고 싶다
모든 갈등에서 자유를
모든 미움에서 평화를
사랑도 잠시 이별을

눈물

눈물은
부질없는
나의 나태의
그림자요

눈물을
훔치고
웃는 것은
나의
희망이어라

도라지꽃

키다리 도라지꽃
비바람에 부러질까

대나무 가지 꺾어
지지대 삼아
한 아름씩 묶었더니
어여쁜 꽃다발이 되어

나를 보며
환하게 웃고 서 있는
하얀 도라지꽃

수박

하우스 안
수박이
나날이
둥글게 둥글게

내 임의
모습을 닮아 가는
햇살 밑의 수박

탑

눈을 뜨니
오늘이 밝아 왔다

앞산을 바라보면
높은 꼭대기에
탑이 나란히
두 개가 우뚝 서 있다

'오늘도 곧게 살아라'
'열심히 살아라'

조금만 내게 힘을 다오

슬플 때나 기쁠 때나
지표가 되어 주는
두 탑이 오늘따라
더욱 선명해 보인다

마흔아홉 해의 봄

봄이 오면
눈물이 흐르네요

어여쁜 꽃들이
너무 많아서

젊은 날이
자꾸 생각이 나

봄이 오면
눈물이 흐르네요

화려한
꽃잎 떨어져
길가에 나뒹굴 때

젊은 날의
못 이룬 꿈들이

봄비에 젖어
울고 있어요

그냥
까닭 없이
눈물 흐르는
날들이 이어지네요

나의 일상

보송보송
잘 마른 옷가지들
대청마루에 내려놓고
하나하나
정리하고 있어요

겉옷은 겉옷끼리
이름 하나씩 새기며
떠오르는 내 안의 얼굴들
아뿔싸!
속옷의 이름은 알 수가 없어요

작아야 할
아이들 속옷이
낭군님 속옷과 크기가 같아요

하늘 한 번 쳐다보며
미소 짓고 있어요

내일은 고운 색실로
하트 모양을
수놓아야겠어요

큰아이 속옷엔
옅은 핑크 색실로
푸른 하늘과 잘 어울리게

낭군님 속옷엔
빨강 색실로 하트를
좀 더 크게

우리 사랑
붉게 타오르도록

꿈 Ⅱ

내년 봄에는
박씨를 구해
밭둑에
심어야겠습니다

기도처럼
박을 키워

고운 햇살에
잘 말려 나의 시를
고이 적어

대청마루에
걸어 두고

귀한 손님
오시는 날에
자식처럼

자랑하렵니다

한바탕 웃는 날

'자기야
화장실에 앉아 있는
까만 모기 한 마리 잡았어요'

'잘했네
웅가 보던 모기가
억울해했겠는걸'

남편의 넉살에
한바탕 웃어요

모기가 무는 바람에
며칠 잠을 설쳤더니
저절로 손이 나가
모기를 잡는 여름날

가을로 가는 길목

뒤를 돌아보면
방울토마토
방글방글 인사하고

앞을 바라보면
둥근 맷돌 호박
방실방실 웃음 짓고

옆을 바라보면
초록고추
빨강고추
도란도란 정겹게
이야기하던

뜨거웠던 여름날은
한 편의 추억으로
내 곁에 따스한 가을이
되어 있습니다

가을의 축복

햇살 좋은 오후에
깨를 털었습니다
알알이 떨어지는
작은 깨알들

어느새
수북이 쌓였네요

한 되박을
뿌려 심은 깨가
열 되박이 쏟아집니다

수지맞은 날입니다

맛있는 깨가
수북이 쌓이고

날은 저물어

서쪽 하늘에
붉은 노을 지고

행복이 가득한
밤이 되었습니다

오! 나의 소중한 햄릿

울타리 장마가 서로 어우러져
장관이구나
아름답다는 탄식의 말이
절로 나오네요
너를 생각하는 마음처럼
붉게 피어나고 있어요

퇴근하고 편지를 보았어요
기쁘고 기쁜 마음이에요
편지만을 기다리고 있었어요

집으로 보내길 잘했어요
가게는 분실될까 봐
마음 졸이고 있었거든

마음과 마음이 함께
할 수 있으니
한없이 행복해져요

네가 곁에 있는 것처럼

아마 이런 상황이 없었다면

사랑의 표현을 못 했겠지요

좋은 소식 전하니

기쁨이 온 가슴으로

벅차오르네요

* 군대에서 보낸 아들의 첫 편지를 받고…

메마른 대지

하늘에서
눈물방울이 떨어집니다

한 방울
한 방울

일기예보가 무색하게
올봄은 비가 없어요

갈라진 텃밭이 가엾습니다

가을의 평화

파란 하늘을
닮아 가는 마음

소원했던 이웃과도
도란도란
담소를 나누어요

황금빛 들녘을 닮아
고요해지는 이 마음

어머님 기제사를
준비하며
형제자매들이
오랜만에 모여

함께 음식을 만들고
나누어요

지난 일들을 추억하며
살아 계실 때
음식 솜씨가 좋고
예쁘셨다고

작년처럼 되뇌는
큰시누님의 하얀 얼굴이
참 행복해 보여요

가슴 가득 푸르고 맑은
풍요로운 가을이
미소를 보내요

가시 돋친 마음이
사랑이란 이름으로
치유되는 오늘이에요

무심천덕無心天德의
깊은 뜻을 파란 하늘에
마음에 새겨 보아요

추억 만들기 Ⅰ

손수 키운
고구마 다듬어
조청을 끓이며

집 안 가득
달콤한 맛이
가득 배네

걸쭉하게
노-랗게 익어 가는
조청을 저으며

울 엄마
따스한 가슴
닮아 가는 세월에
눈시울 적시네

추억 만들기 Ⅱ

그랬구나
옛날 먹거리는
울 엄마, 울 할매의
사랑과 정성으로
만드신 게야

노-란 호박죽이
보글거리는 솥단지
저으며-
옛 생각에 잠기니

아궁이에
불을 지피며
연신 가마솥 뚜껑
젖히고
큰 나무주걱
두 손 모아 저으며

흰 수건 머리에
두른 그 모습
아련히 떠오르네

앞뜰에 하얀 국화꽃이
활짝 피어나

위로하는
십일월의 찬바람이
부는 날에
깊어 가는 고향 생각

그리움 I

시장에서
아주 큰 솥단지를
샀습니다

신나서 얼른
집으로 왔습니다

솥단지 안에
안쓰러워하는

엄마 얼굴이
비쳐 보입니다

나의 어머니
어머니…

소낙비

나의 하늘에
앉아 있는
새까만 구름

건고추를 멍석에서
걷을까 말까
실랑이 중…

심통 부리는
하늘 쳐다보며

원망스러운
눈만 깜박깜박

삶

하늘도 밉고
땅도 미운 날

꽃은 지고 없는데
갈 곳 잃은 마음은
어디에 둘까

뜨거운 꿈과 이상
차가운 현실이
메아리쳐 공허하게
돌아오는 날

흙의 사랑

정들었던 도시를 떠나
하얀 찔레꽃
아카시아꽃 향기
가득하던 봄날에

한적한 시골집으로
이사를 왔습니다

뒷마당에 배나무
한 그루를 심었어요

흙의 따스한 품에서
잘 자란 배나무는
올해 큰 배가
일곱 개가 열렸어요

비가 오고
바람 불던 날에

두 개가 떨어지고

어젯밤 바람에도
한 개가 떨어져
남은 배가 네 개…

하나는 큰아들
하나는 작은아들
두 개는 낭군님 꺼

난 바라만 보아도
행복할 거니까요

가을의 서정

하나 둘-
　콩껍질을 까며 모이는
　예쁜 분홍 줄무늬 콩
　한 바가지 가득
　가을이 고운 빛깔로
　풍요가 쌓이네

하나 둘-
　라디오에서 흘러나오는
　정겨운 멜로디가
　달콤한 추억여행으로
　그리움이 쌓이네

하나 둘-
　노-란 빨-간 낙엽들은
　사각- 사각- 곁에 다가와
　가을을 노래하고
　빈 가슴은 온통

가을빛으로 물들어 가네

가을 하늘

저기
쪽빛 같은 하늘에
무엇을 그려 넣을까

흘러가는 하얀
구름 한 점
붓 삼아
나의 꿈과
그리운 부모님 얼굴
보고 싶은 친구 얼굴

그려 보는
즐거운 놀이 중…

붉은 노을

메마른 곡선의
사막 위로 솟아 있는
초록의 한 포기 풀처럼
때론,
거친 파도 맞으며
꿋꿋이 제 살 깎으며
서 있는 저 바윗돌처럼
육십을 향해
가고 있는 나의 길

울고 웃고 있는
나의 곁에
가슴 가득
아름답도록 붉은 석양이
위로하는 이 시간

마음 정리

어지럽게
엉클어진 마음을
맑은 물에 깨끗이
씻고 싶다

맑은 물이 닿아
새싹처럼
새 마음이 자라도록

흙 속에
씨를 뿌리면
곱게 새싹이 움트듯

사랑합니다

'사랑합니다'라는
이 흔하고 귀한 말

당신은 아직
말을 하지 않았어요

언젠가는 하겠지요

당신의 사랑한다는 말
세상에서 가장 귀한
말이 될 거예요

봄의 기쁨

땅만 가득하던
네모난 논들이
어느 사이
모내기가 끝이 나고

넓은 들녘에는
갓 입대한 군인처럼
나란히 줄지어
서 있는 어린 새싹들
연초록빛이 눈부셔요

넉넉하고 푸근한
들녘을 거닐 때

헛기침을 두어 번 하고
뒷짐을 지고
천천히 걸어요

큰 지주가 된 것 같은

착각 속에

행복한 시간입니다

자연의 품

머언 산이
어깨를 나란히 하고
겹겹이 둘러싸임 속에

굽이굽이 휘돌아
들어온 산 끝자락
계곡의 위상이 드러나네

원시림
시원하게 흐르는
맑고 정갈한
계곡 물소리

흡사 오케스트라의
서곡처럼

귀뚜라미 쓰르라미
노래하고

아름드리 큰 나무는
깊은 그늘을
은혜롭게 드리우고
크고 작은 돌멩이
똑같은 추임새는 없구나

우리네 세상
사람 얼굴 모습을 닮았네

졸망졸망
모여 있는 돌멩이들
사이사이로
흐르는 물줄기에
담근 발이 웃는다

신선이 되어 버린 계곡
하루해가
천년을 품은 날

둥근 보름달

아파도
아프다고
말 못 하는
엄마의 마음

슬퍼도
슬프다고
소리 내어 울지 못하는
아내의 마음

그리워도
선뜻 갈 수 없는
고향 하늘

외며느리의
한이 쓰린
둥근 보름달

세월의 흔적

두 사람의 식사
있는 반찬
따스하게 데워
먹었는데
설거지는
어마어마하네

관절염을 앓고 있는
내 손이 자꾸
거부를 하네

첫사랑의 향기

일월
엄동설한 속
꼭꼭 숨어라
머리카락 보일라

생명 있는 모든 것들이
숨죽이고 있는 날들

방 안에 있는 선인장
초록 잎사귀 사이로
마디마디
푸른 끝자락에
분홍빛 꽃망울이
조롱조롱 피어

흰 눈 내리는 오늘
연분홍빛 꽃망울이
더욱 화사하게

꽃탑으로 피어
내게 하는 말
'첫사랑을 기억하시나요?'

풋풋한 설렘의 향기가
온 방 가득 흐르고
문만 열면
만날 것 같은
첫사랑의 향기

분홍빛 설렘으로
벌써
봄 맞으러
나는 가요

슬픈 메아리

나의 인생 끝에는
무엇이
나를 기다릴까

오늘은
용기를 내어 본다

끝까지
살아 보자

오기가 생기는
오늘

사색 Ⅲ

'봄은
오고 있는가'라고
일기장에 적고 보니

가슴이 아득히
아리네

그리움 II

하얀 안개비 속에
별을 사랑하던
그대가 그리운 지금

보잘것없는
마음을 펼쳐 보여도
별빛처럼 다정하게
보듬어 주던
그대가 보고 싶은 시간

비에 젖은 들꽃 되어
안개 속에 그려 보는
별을 사랑하던 그대

* 내 마음의 별이 된 오빠를 그리워하며…

쉼터

여름날
긴- 장마철
빗줄기를 피해
차 한 잔을 들고
하우스 안
작은 의자에 앉으면
빗소리가
음악 선율로 피어나고

겨울날
찬바람 불면
따뜻한 차 한 잔
마시며
고운 햇살 아래
흙냄새가
고향의 향기로 다가와

시골살이에 힘겨운

나를 토닥여 주는
나의 쉼터

내 마음은

언제나
아침이기를 기도해요
간절한 바람이에요

언제나
시작하는 신선함으로
영원히
잠들지 않는 푸르름으로

아름다운 세상을
볼 수 있는
맑은 눈동자로
사랑을 간직한
따스한 마음으로

단비 Ⅱ

고요히 내리는 비는
고운 임
오시는 길목에
나비처럼 사뿐히
흐르는 춤사위

마른 풀잎 위에
영롱한 빛으로
피어나는
생명의 입맞춤

자유로운
사색 속으로
해맑은
무지개 피는 날

가을 애상

사랑의 언어
순백의 언어를
잃어버리고

백지장처럼
멍하니
머-언 곳을 주시하는
눈빛을 느낄 때

끝이 아니라고
시작을 알리는
깊어 가는
가을 속으로

잠을 이룰 수 없는
아름다운 가을이
오고 있다고

추억 하나

'이 똥을 쌀 것들아!'
큰시누님 호통 소리에
깔-깔
웃음보 터뜨렸던
젊은 날에

형님이 만든 밑반찬
막내 시누이랑 둘이
형님 곁에
쪼그리고 앉아서
'우리 많이 주세요'

그때도
지금도
돌아가신 어머님의
손맛을 그대로 물려받은
형님의 음식 솜씨는
맛이 좋고 일품이었습니다

호통치는 형님이
계셔서 든든하고
내 편이 있다는 것이
언제나 좋았습니다

가끔,
가끔은
삶이 답답하고
가을 갈대처럼 흔들리는
마음을 느낄 때
꺼내어-
한바탕 눈물나게
웃고 나면
속이 시원해집니다

오늘도
한바탕 눈물 나게
웃고 있습니다

스쳐 지나가는
한 자락 갈바람은

나의 흰 머릿결을
쓰다듬고 있습니다

참외

노란 참외 한 입
베어 먹으니
달콤하고 시원하다

유월, 칠월의
여름이 다 녹아 있네

가을 풍경

이른 봄부터 농기계 소리
요란하게 밭을 일구어
정성껏 키운 배나무에
둥글둥글 잘 자란
배가 많이 열렸습니다

비 오고 바람 불고
무더위 속에서도
꿋꿋이 잘 자란 배를
생채기 생길세라
조심조심 따서
상자에 싣고
바삐들 움직입니다

아낙네들의 맑은 웃음소리
농부들의 너털웃음 소리가
파란 하늘에
메아리쳐 울립니다

긴박하게 배 운송이
끝이 나고

고요함 속에
나무는
휴식기에 들어갑니다

갈 햇볕, 갈바람 쐬며

홀가분해진
나뭇가지가
평화로워 보입니다

갓 출산한 산모처럼

길몽吉夢

어젯밤
내 방 앞에
어떤 여인이

여왕벌이 든
통을 들고 와
걸어 두니

수많은 벌떼가
모여드는
꿈을 꾸었지요

두 아들에게
메시지를 보냈답니다
'길몽을 꾸었으니
복권을 사시오'

하얀 그리움

국화 향기 그윽한
하얀 고무신

어릴 적에
눈 비비고 일어난
아침이면
툇마루 밑에
가지런히 놓여 있던
새하얀 고무신

'할아버지, 할머니, 아버지, 엄마
오빠들, 언니, 동생…'

모두가 그리워지는
고향의 향기 품은
새하얀 고무신

마음의 꽃밭

화분 하나 둘 셋…
근심이
많을 때마다
장만한 크고 작은
생명들이
몇 년 사이 집 앞마루에
많이도 놓여 있습니다

화분에서 자라는
화초들이
따가운 햇살과
찬바람을 이겨 내고
잘 자라
어여쁜 꽃으로
피어나고
가지는 굵어져
잎사귀도
싱싱히 자랐습니다

나의 근심들이
생명으로 피어나
아름다운 꽃밭이
되어 있습니다

편지

오늘도 어제처럼
포근한 햇살이
겨울 창가를
환히 비추어
언 손등을 녹여 주고
언 마음도 어루만져 주네요

거실 안 작은 화분에
선인장 꽃이 분홍빛으로
활짝 피었어요

엄동설한에
어여쁜 꽃이 피어
의미가 새롭습니다

차가운 날씨에
힘들게 지내고 계실
아버지를 생각하면

죄스러운
마음이 커집니다

부모님은
하늘이 주신 가장 큰
선물임을 알기에
늘 고맙습니다

항상 똑같은
공간에서 같은 일을 하며
살아가지만
마음먹기에 따라
달라지는 세월이기도 합니다

오늘도
희망의 말을 많이 하며
살아가고 싶습니다
사랑하는 나의 아버지

새봄이 오면
빨리 달려가

담장에 고운 색으로
칠을 하고 꽃 그림도
그리고 싶어요

벌써 마음은
봄이 오고 있는 것 같아요

선물

울 엄마가 웃으십니다
울 아부지가 웃고 계십니다

그리운 아버지
파카잠바
사랑하는 엄마
빨간 반코트
이틀 만에 고향집에
배달이 되었습니다

전화벨이 울리고
환하게 웃으시며
기뻐하는
부모님 얼굴이
눈에 선합니다

수묵화로 피어나는 밤

나이 드신 아버지가
들고 다니시던 등불이
내게 왔다

지난여름 작고하신
울 아버지 유품이다
검소하고 단아하셨던
내 아버지
한시를 즐겨 쓰셨다

잠이 오지 않는 밤
등불을 밝히고
붓을 드는 나

등불 아래
일월의 긴- 밤이
흰 그림자를 드리운 채
한 폭의 수묵화로

피어오른다

비 오는 날에

노-랗게 잘 익은
배춧잎에
반죽을 입혀
노릇노릇
맛있게 익어 가네

무심한 듯
심심하면서도
단맛이 나며
오묘하게
고소하여라

소나무와 작은 새

높은 산봉우리의
소나무처럼
늘 변함없는 당신

때론,
몹쓸 소리 해 대는
못난 작은 새는
오늘도
소나무 가지에 앉아
낮잠을 자고
맛있는 홍시를 먹어요

나뭇가지를
옮겨 다니며
재잘재잘 울어 대지요

소나무는
비가 오고, 바람 불고

거친 세월에
생채기가 생긴
가지들이
여기저기에 생겨납니다

부러진 가지가
아플 만도 한데
늘 변함없이
부드러운 미소를
머금고
작은 새를 바라봅니다

차가운 바람 불고
문득문득
고맙다는
말을 하고 싶습니다

겨울 애상

인적 없어
한없이
고요한 시골집

내가 주연이요
조연으로
알뜰살뜰
살아가는
한겨울 이른 아침

앙상한 가지
그네 삼아
작은 새가 노닐고
한겨울
찬바람이 부네요

해님도
오늘은

늦잠을 자요

끝없는 사랑

창밖에 조용히
비가 오네요

피아노 앞에 앉아요
베토벤과의 만남

아름다운 멜로디를
타고 흐르는
애절한 사랑 이야기에
마음을 담금질해요

이루어질 수 없는
사랑의 깊은
숨결을 느껴요

눈물이
두 뺨을 적셔요

사랑이여
끝없는 사랑이여

결혼 행진곡

시원하면서도
섭섭하면서도
측은하면서도

미안한 마음
가득하여라

* 아들의 결혼식···

나무꾼과 선녀

개구쟁이 막내 녀석
나무꾼이 되어
연꽃을 닮은
선녀를 데려왔네

얼마나
어여쁜지

하얀 피부
오뚝한 콧날
도톰한 입술
갸름한 작은 얼굴

아침에 방문을
살포시 열어 보니
한 송이 꽃 같은
선녀가 누워 있네

눈에 넣어도
아프지 않다는 말
그 말은
참말이어라

인연因緣

머-언
타국에서
예쁜 천사가
내 품에
안겨 왔습니다

큰 눈에
검은 눈동자
까만 긴 머리

웃는 모습이
너무 아름다운
그녀는

큰며느리가
되었습니다

예쁜 딸이

생겼습니다

여름 휴가철

할머니-
할머니를 외치며
어여쁜 손주, 손녀가
뒤를 따릅니다

병아리처럼
총총걸음으로
쫓아다니며

'할머니
할머니'라고 외칩니다

병아리처럼
뒤를 따릅니다

잘 자란
노-란 옥수수 쪄서
하나씩 손에 쥐여 주니

조용합니다

느낌 하나

삼복더위에
붉은 자두가
검붉게 익어

자두잼을
만들고 있네

한 솥 가득
끓고 있는
자두 빛이

나의
열정처럼
끓고 있네

인생

진심을 다하면
되는 거야
굳세게 살면 돼

세월 가는 대로
따라가면 돼

그걸로 되는 거야
인생의 다야

Ⅲ

이
야
기
들

붓의 시간

문을 열고 들어서면
정갈하고
오랜 전통을 지닌

고택에
초대받은
귀한 손님 되어

순백의
희디흰 백합이 되는
이 시간

무념의
파란 하늘에
종으로
횡으로
검은 먹을 바른
붓으로

한 자 한 자
마음을 더하네

멋과
고결함이
온몸으로 스며들어

어느 조선의
아름다운
여인으로 다시
태어나

새로운
인연을 꿈꾸네

장구의 꿈

덩
더-덩
덩- 덩-
꽃이 핀다
꽃이 피었다

잠자던 한이
독기를 품는다

덩
더덩
덩- 덩-
꽃이 핀다
꽃이 피었다

처음 사랑의
울림 되어
빛깔 고운

무지개로 피어나

살아온 세월만큼
막혔던 혈관
속으로 흐르네

눈을 살포시 감으면
너울춤이 절로 나네

나의 가슴속으로
나의 혼 속으로

침묵 Ⅱ

무상
무념의 시간

잠들어 있는
나를 깨운다

무상
한 송이 꽃을 피운다

무념
나를 껴안는다

삶의 위로

뚝배기 가득
담아 나온 삼계탕

한 그릇 앞에 두고
모락모락
피어오르는 김

바라보다 고개 숙여
소망의 기도를 올리고

뽀얀 맑은 국물이
허물어진 마음을 다독이네

오독오독 씹히는
작은 연골은
살아 있음이 즐겁고

삼삼오오

옹기종기 모여 앉은
식당 안 손님들

인정 넘치는
밝은 미소 머금고

한 뚝배기를 들이켜며
고단한 삶을 위로하네

세종대왕

화선지에
써지는
한글의 단아함과
아름다운 절개는

꽃 송이송이로
수놓여

한 폭의
아름다운 그림 같은
꽃밭이 되었습니다

아름다운 인생

하얀 눈이
소담히 쌓인 첫날
전시회가 열렸습니다

서예의 혼을 담아
붓이 머문 자리마다
묵향이
짙은 꽃봉오리로
환생합니다

살아온
세월만큼
능숙하고 부드러운
붓의 춤사위

백옥 같은
화선지 위로
수놓은 꽃글씨

고작 80년
세월을 바라봅니다

앞으로 다가올
나의 모습을

영하의
차가운 날씨에도
묵향은
온화하고 따스함으로

공기 속에 흩날리어
붉은 꽃잎으로
다가옵니다

날아오르는
우아한
학의 자태를 닮은

성필의
날들을 꿈꾸며

아름다운
인생을 배웁니다

느낌 두-울

불어오는
하얀 바람결에
잠자던
붓과 먹을 깨우네

하얀 화선지는
하늘天-
검은 먹은
땅地-

하늘과 땅의
기운으로
평안을 얻네

시간 여행

용龍과 새鳥가
금방이라도
튀어나와
하늘을
날아오를 듯하다

위엄 넘치는
문체를 접하면

글씨 속에 스며들어

시간을 초월하는
여행을 떠난다

서예는
깨어 있게 한다

이 순간

순간…

그림 같은 풍경

나뭇잎은 나날이
초록이 짙어 가고

넓은 평야는
서래질이 끝이 나
물이 가득 차 있네

호수처럼
거울처럼
환히 비치어

푸른 하늘도
잠기어 노닐다 가네

맑고 맑다
푸르고 푸르다

논두렁에 앉아

쉬고 있는 흰 왜가리
한가롭고 평화롭구나

한 폭의 그림 같은
들녘의 평화로움에
사랑과 행복을
가득 채우며

계절의 바뀜이
시간의 흐름 속에서
더욱 풍요로워지네

홍매화

붓자루 하나
달랑 들고 서서

하얀 화선지 위로
미지의 세계를
평정하는

유연한 손놀림
신선의 춤사위 되어

붓끝이
머무는 자리마다
하나의 오차도 없이

수려한 고목
가지마다
홍매화가 수줍게
미소를 보내고

온화한 꽃향기는
천년의 미소를 품고
온 교실에
그윽하게 스며들어

한 마리
어여쁜 나비 되어

사뿐히
홍매화가 전하는
사랑의 밀어를
엿듣는 화사한 봄날

꽃잎 한 장

창틀 가득
따스한 햇살이
희망의 언어를
내게 전한다

'다 잘될 거야'

나를 토닥여 주는
고마운 봄바람

임 그리워

꽃샘추위에도
청매화 수줍은
꽃봉오리로 피어나

하얀 그리움을
품은 맑은 향기가
산들바람에
임 그리워하네

꿈 Ⅲ

모래 속
진주가 되기 위해
매 순간 곰삭히는
나의 시간…

화선지 위로
새롭게 태어나는
꿈의 메아리

아름다운 연주곡

고요 속으로
타고 흐르는
고운 선율은

마음의
풍금 소리로

값진 순간이 되어

아름다운
선물로 다가와

한없는 기쁨과
슬픔을 나누며

마음을 함께하는
아름다운
벗이 되어

사랑이 그리운 날

아름드리 큰
고목에 기대어

풀피리
입에 물고

한없이
노래하고 싶어

자유로운
한 마리
작은 새 되어

한 마리 학이 되어

수려한
한 폭의
소나무 수묵화
여백에

설레는 마음

한 마리
학이 되어

노닐다 가는
어느 따스한 날에

바라보는 수묵화
한 점

한 폭의 수묵화

긴 세월의
흔적이 묻어나는
고즈넉한 바위 위에
한 송이 붉은 국화

빼어난 자태가
가슴 아리게 아름답구나

모진 세월
함께해 온
내 사랑의 꽃이
애달프게 피었구나

사랑비

사랑스런 비가
보슬보슬 내리는 지금

너를
품에 안으며
메마른 가슴 적셔요

세월에 닫히었던
여린 감성이

오색빛깔 고운
무지개가 피어나요
가슴에

아름다운 그대

나의 꽃밭에
붉디붉은 꽃송이가
피어납니다

물안개 드리운
새벽녘에
하얗게 피어 있는
꽃잎 바라보며

눈물짓던
나를 위해

우아한 자태로
붉게 붉게
피어오릅니다

화려한
봄의 끝자락에

도도한 자태로
붉게 피어납니다

결핍된
애정에 목말라하는
나를 위로하는
아름다운 그대

싸리꽃

작고 예쁜
보석 같은 하얀 꽃

올망졸망
어여삐 피었네

앞뜰에
환하게 피어

땅거미 지고
어둠이 와도
더욱 아름답게
빛나는

하얀 싸리꽃을
닮은 언니

하얀 보석

같은 언니

봄의 안단테

사월이 시작되고
꽃향기 가득한
길을 따라

양산에 계신
울 엄마
뵙고 오는 길

울고 싶은
내 마음
비가 되어 내리고

짧은 만남이
못내 아쉬워

꽃비에 젖어
눈물방울
떨어지는

사월이 서러워

들꽃

젊은 날엔
장미꽃처럼 살았습니다

세월의 흔적들이
하나, 둘
쌓이고 보니…

들에 핀 작은 꽃이라도
되고 싶은
내 모습이 보입니다

젊은 시절엔
느낄 수 없었던
많은 일들이
지나가고 오고 있습니다

해맑은 아이들을
바라보며 웃음 짓는

할미꽃이 되어 있는
나를 바라봅니다

사월의 꽃 밤

꽃바람이 분다
고목 가지에
꽃이 피었다

밤하늘에 은하수
별이 된 사랑별이

유난히 빛나는
사월의 꽃 밤

봄 이야기

담장 아래
수선화가 어여삐
피었어요

봄바람에 수줍은
노-란 미소가
사랑스러워요

이내 맘도
봄처녀 가슴 되어
핑크빛 미소를 띠어요

파란 하늘에
지나가는 뭉게구름
하얀 웃음을 보내요

아름다운 꿈

우물 안
개구리로 살지라도
나를 위해
다른 나를 껴안으며

사랑별 하나
은하수로 빛나게
두고 싶습니다

살아 있기에
이토록 아름답고
값진 시간입니다

꿈을
이루지 못하더라도
오롯이 꿈을 꾸는
지금이 행복하니까요

봄의 연서

하고픈
이야기가
너무 많아서

꽃잎이
눈물이 되어
방울방울 떨어진

하얀 종이배
고이 접어 실바람에
띄워 보내오니

부디
내년에도 내 곁에
어여삐 오소서

춘몽 春夢

한 점 수묵화의
여백으로 담아 놓은
그리운 마음이
하늘에 닿아

두 팔 벌린
메말랐던 가지에
연분홍빛으로
만개한 벚꽃잎이

천상의 미소로
화답을 보냅니다

오늘도
하염없는 그리움이
꽃잎으로 피어

하얗게

분홍빛으로
물들어 갑니다

민들레

반가운
인사를 건네는
들에 핀
민들레 꽃

겨우내
오매불망
기다리던

임이
오시었다고

임이
오신 길목에
꽃단장하고

어여쁜
모습으로 서서

온종일
둥근 미소로
환하게
웃고 있네

홀씨는
나비처럼
사뿐히 날아갈

때를
기다리네

꽃잎

'하루하루
소중히 보내십시오'

짧은 메시지가
시인의 마음에
하얀 눈송이 되어
펑- 펑-
눈꽃이 흩날리는
소중한 시간이 되었습니다

하늘에서 보낸 선물 같은 날

하얀 눈꽃 같은
배꽃 수정하는
나날이 이어져요

하루해가 저물 때까지

꽃그늘 아래에서
하얀 시간을
보내고 있어요

솜방망이로 톡- 톡-
꽃송이에
입맞춤을 해요

환하게 웃고 있는
꽃잎이 '좋아요'라고
속삭여요

모든 사념이 사라지고

온몸에
하늘 내음과
꽃향기로 물들어 가요

잠 못 드는 하얀 밤이
기다려요

꽃잎 편지

하얀 꽃잎 떨어진
배밭 길을 걸어오며
오고 가는
세월을 깨달아요

눈부시게 환하게
피어 있던
꽃잎 떨어진
언저리마다

여린 초록 잎새
송- 송- 솟아나는
신비의 문이
열리고 있어요

향기 짙은
추억을 남기고
홀연히 떠나가는

봄을 생각해요

올가미에 갇혀 있던
시간들에서 훨- 훨-
벗어나고 있어요
지금…

부록

나의 다짐

물 흐르듯
흘러가는 세월에
잠시 멈추어
생각합니다

살아가는 동안
순수함을 간직한
맑은 눈동자로

따스한 사랑을
간직한 가슴으로
별을 사랑하는 마음으로
살고 싶습니다

시詩의 세월

살아오며
겹겹이 쌓인
수많은 사연이

내 가슴에 쌓이고
흰 눈송이 되어
시심으로
흩날리고 시가 되어

아름다운 꽃잎으로
피어나는 시간들

나의 열정

웃으며 걸어가는
오늘, 내일
모레에도

꽃처럼
활짝
피어나

꿈과
이상을
향해 가는

아름다운
길을 따라
걸어가리

시간의 위로

한마디 말보다
다정한 눈빛이 그립습니다

전화 통화보다
한걸음에 달려와
혼자 있는 나를 위해

점심식사 함께하는
예쁜 며느리가
고마운 시간입니다

흐르고 흐르는 시간 앞에
변해 가는 내 모습이
유독
아프게 느껴지는 날에는
노트 한 권 들고
길을 나섭니다

넓은 들판을 걸으며
꽁꽁 싸매어 두었던
사념들을 털어 냅니다

청아한 새소리와
작은 개울에서 재미나게
흐르는 물소리와
흙의 포근한 사랑과

푸른 하늘의
은혜로운 사랑 속에
치유되는 날들이
많아지는 세월입니다

새로운 여정

제목을 정하고
시집을 내기로 마음먹고 나니
영원히 자유로워졌어요

나에게는 최고의 선물입니다

예쁜 시집을 갖는 것이
오랜 꿈이었기에

부끄러운 마음자락
푸른 하늘의 품에 안기어
나를 위로합니다

모든 것 내려놓고
새로운 여정을
시작하기로 합니다

화문일기

ⓒ 박정희, 2024

초판 1쇄 발행 2024년 7월 3일

지은이   박정희
펴낸이   이기봉
편집   좋은땅 편집팀
펴낸곳   도서출판 좋은땅
주소   서울특별시 마포구 양화로12길 26 지월드빌딩 (서교동 395-7)
전화   02)374-8616~7
팩스   02)374-8614
이메일   gworldbook@naver.com
홈페이지 www.g-world.co.kr

ISBN   979-11-388-3318-9 (03810)